芥末与重生

白晓萍 著

山西出版传媒集团 北岳文艺出版社
BEIYUE LITERATURE & ART PUBLISHING HOUSE
·太原·

图书在版编目（CIP）数据

芥末与重生 / 白晓萍著. —太原：北岳文艺出版社，2022. 12
ISBN 978-7-5378-6643-9

Ⅰ. ①芥… Ⅱ. ①白… Ⅲ. ①诗集-中国-当代
Ⅳ. ①I227

中国版本图书馆 CIP 数据核字（2022）第 230555 号

芥末与重生

白晓萍 / 著

//

出品人
郭文礼

责任编辑
范　戈

装帧设计
书香力扬

印装监制
郭　勇

出版发行：山西出版传媒集团 · 北岳文艺出版社
地址：山西省太原市并州南路 57 号　邮编：030012
电话：0351-5628696（发行部）　0351-5628688（总编室）
传真：0351-5628680
经销商：新华书店
印刷装订：成都兴怡包装装潢有限公司

开本：880mm×1230mm　1/32
字数：120 千字
印张：5. 25
版次：2022 年 12 月第 1 版
印次：2022 年 12 月四川第 1 次印刷
书号：ISBN 978-7-5378-6643-9
定价：45. 30 元

目录

CONTENTS

假如我是位行吟诗人

假如我是位行吟诗人
就不会像现在这样
一边擦地板一边想句子
也不会写列车与远方
春花和秋雨

我应该会写
烈日下饥渴的荒漠
废墟上燃烧的历史
寺庙一侧不断涌动的塔势
佛陀头顶照见人心的月光
山之巅有苍翠如初的古木
山脚有掩埋着爱恨的墓园
空中草原横卧着几只老牛
格桑花总是枝枝独立

或者还会写
战火中无处可逃的恐惧

毁弃的家园和绝望的身影
互相追逐的孩子
辛苦唠叨的母亲
水手们调笑着
梳着头发的妓女乳房饱满
波希米亚女子睥睨的目光
无家可归者嗫嚅的双唇

假如我是位行吟诗人
我最想写下
一匹马
一匹鼻翼翕张的野马
有着唐朝的身姿
和印第安人的颜色
奔跑
停下
奔跑
没有贵族和宫殿

一个人的海滩

她散着长发
靠在摇椅上
七月的海风和潮湿一样轻柔
夜色是澄澈的湖
世间微漾
像天堂的倒影
白色沙滩纯净得不太真实
如同记忆中的童年

夜更深了
万念俱灭
只听见海的呼吸
一声一声
清晰而执着
不夹杂一丝叹息
时间从月下经过
背影里没有悲悯

她抬起头

银河透明

星辉快乐地闪耀

像它们应该的那样

像人们预想的那样

是的　“应该”

过了很久

一颗流星划过

她差点儿就想起爱情

塞 壬

我疾步走在大海上
目光坚定
巨浪在胸前撞了个粉碎
风从耳边经过
听见我的沉默在低吼
寻找塞壬

翅膀折断的声音从天际传来
蔷薇色的血染黑了爱神的心意
有种东西在不停鼓胀
没有什么能浇灭此刻的燃烧

忘了奥德赛吧
他有的只是故弄玄虚的迷醉和恐惧
你真不该化作一条鱼
又或许
死亡才是对他最有力的嘲讽

我疾步走在大海上
目光坚定
只为找到你　塞壬
听一听你那绝美的歌声
便倒在大海的脚下

族长的秋天

一想到她可能现出湖水般的笑容
他就颤抖个不停
狂野地命令
“快把月亮挪到身后”
“为什么不安排一场流星”
他焦躁地踱来踱去
勋章和马刺喷着金色的火焰
一停下来
就像闻到了她雪兰花般的味道
“没有什么不可能”
“我有无边的权力”
“我是一个世纪的传奇”
“我是不朽”
哦，一想到能挨着她坐一会儿
衰老就碎了一地

他抽出利剑

奋力斩杀缠了他一生一世的
孤独这条恶龙
“说吧，怎样才能让星星们听话”
“是卖掉土地和海洋”
“城市和人民”
“还是复活的机会”
他颤抖地想着
心里已握住她溪流般的纤手

人们回答“只有日食，阁下”
好吧　好吧
无尽的等待中
耀眼的、独一无二的黑暗来了
他未来的皇后
耀眼的、独一无二的皇后来了
他张着嘴
摸索着伸出手
可是　她不见了
在这场为她准备的盛会中
消失了
没人知道是怎么回事

你在嘲笑他　是吧

最多带点儿同情

可我没有

除了面包

总会为了什么

如此虚妄如此愚蠢

才如此像我们人

帝国大厦

她走向 86 层的阳台
什么也没看
就飞了出去
翅膀留在地板上
一辆沉闷的黑色豪华轿车
成了她最后的、扭曲的床
她重重地躺在那儿
仰着头
金色卷发骄傲地散开
如齐唱着 C 大调的金色麦浪
和每个起风的
蓝宝石般的日子一样
她闭着眼
优雅得让光明和黑暗都悄然退场

一位摄影师经过
举起镜头
在焦距里忘我地轻叹

“好美”
几个戴礼帽的男人赶过来
猜测和议论塞满了
帝国大厦前雕刻整齐的草坪

隔壁街区的房子里
同样 23 岁的姑娘嘟着嘴
不知道今天该扮演粉色的蝴蝶
还是蓝色的斑马
地产商翻着报纸
妻子和女儿正为了早饭怄气
三楼独居的老人慢慢推开窗
从来不变的空洞又围了上来

是的
他们什么都不知道
就像纽约街头大口嚼着热狗的男人
看不到奥斯威辛升起的巨大烟柱
就像上海夜场最妙曼的舞女
不知道马孔多行刑场上多了几个弹壳

博物馆

放下笔
不再安排文字
放下我在世间唯一的武器
放下隐秘的出口
放下野心、意义
放下走向你的唯一姿势

我小心剥离
从每个细胞
每个神经元
从弥漫在灵魂的每一个缝隙里
剥离你
血肉模糊
直至化为一摊水
而镜中的你
带着禁忌和距离没心没肺地站着
蓝色衬衫

在这盛夏的月圆之夜
成为熄灭的、通往未来的
最后念头
作为见证
那硕大的满月
正一点儿一点儿将自己从夜空剥离

我将自己捧起
重新浇铸、缝合
然后上路
在某个公园的一面墙下
与孤独的老人一起看日落
在楚尔麻拥挤泥泞的街道上
闻着有古龙水味道的烤肉香
在印度乡村的屋顶上
守着星空等待恒河的日出
在北疆的草原上
注视驯鹰师温柔眷恋的眼神
在爱琴海岸的巨石上
努力遥望对岸教堂的尖顶

在这些时刻

我呼吸均匀
假装自己跟你们一样完好

我还会一直走下去
这个世界
是个巨大的博物馆
陈列着我对你所有的遗忘

穿　行

我穿行在
动荡的五月
带着初日的翅膀
和列车的脉搏
穿过色彩和纹理
知名与不知名
千篇一律和形形色色
即使蜷缩在黑暗中
也没有停止和他们交集
又或者什么也没发生

某一刻
我被钉在
充满死亡和永恒隐喻的铁轨上
耳边萦绕着熟悉的安魂曲
被拧干的风送走最后的悲痛

呼啸而过的绿皮火车

在恶臭的车厢升起诗意
那是过去和现在牵手倾诉
瞬间
一个时代穿行而过

阿育他亚

阿育他亚
那废墟之海
正从慵懒的站台晃荡而来
绿色小河穿过古老的昏黄
菩提叶不时悸动
踱着方步的象群
什么也不理会

时间裸露着
一层又一层
暗红的肌肤
布满黑色的伤口
一样又不一样
在阳光的宠爱下
什么都不用说

一对异国情侣
年轻有力

镜头走走停停
捕捉残缺和完满
他们身后
高耸的塔尖直指苍穹
却什么都没追问

远去的商旅怎样沉没于欲望的深谷
行走的繁华如何熄灭于炽烈的双眼
王朝的末日
被诸神遗弃的角落
那圣骨塔上狂欢的烈火
华服下心脏的碎裂
绝望的厮杀
乞怜的祝祷
平静的赴死
这一切
在日影的匆匆行色中
没有谁顾得上想起

佛陀都看见了
他的头在枝蔓间安然沉睡
眉目低垂
嘴角微扬

世界从这里流过
没有声音

阿育他亚
一座永远胜利的城市

午后听杜普雷

她的指尖滑动
跳跃
揉压
金属丝、空气、木头和灵魂
彼此温柔地摩挲
四下无声
只有它们醒着

日子烟尘般化去
人间空了
孤独来到传说中的“尽头”
目送着世界远去的背影
此刻
站在想象的天涯
所有巨大的词语都失去了重量

他们都听见了
天空发出一声叹息

像悲风划过夜晚的森林
云朵踮起脚尖
想触摸那片遥不可及的蔚蓝
太阳被永恒的沉重压着
躲进了汤谷
发丝上的水珠不小心滴落
雪莲花便又开了几处

大地也听见了
她挽起自己的影子
轻轻起舞
海洋苍白了脸
为自以为是的深邃和神秘
为戛然而止的不朽音符

我睁开眼
泪水早已枯萎
雨还没停
我已变成一个陌生人

重 生

我出生在所有读过和未读的故事中
无论怎样雀跃或深潜
狂欢或濒死
也无法与他人区分
情节排山倒海
我张开嘴
想要嘶吼或哀求
而语言等在不远之处
露出睿智的笑
我只好沉默

后来
我迷失在一条被天际切断的路上
那么奋力铺设铁轨
却始终像个摆弄玩具的孩子
生活在生活之外
存在于侥幸的构思与迷离的想象中
那天际的巨大切面

一点点穿透我的身体
我渐渐死去
带着对开始和结局的执念

最终我被浸满盐与绿色的文字收留
我们疏离许久　无法靠近
而今终于认出彼此
我哭泣
不是因为疼痛
是紧抱着千疮百孔的文字
等待重生

碎　片

五颜六色的碎片
散落了一地
那是
泡在北风中的一角故乡
木塔飞檐上呜咽的风铃
灼人的冰块
喘着粗气的真心
镶着金边的诗歌残页
结满尘网的梦
注定荒芜的爱
还有还有
眉心的皱纹龇牙咧嘴地跳
密密麻麻的文字飘来飘去
宋代诗人没心没肺地笑

关了灯
逃进暗夜
“啪”的一声

一滴泪裂开

我和日子

一点儿一点儿地碎着

世界很静

只有玉堂春

在咿咿呀呀地唤着她的三郎

Never more

她背对着
明亮的世界
那里有
垂挂着花枝的墙纸
盛开的蓝天
凝固的白云
不明所以的几小片红色
窗口停着一只鸟
正大胆地向内窥视
门边站着两个人
说着创世纪以来都不曾变过的话题
暗色床单上有几朵白色小花
是天使留下的娇嫩的吻
这明亮的世界
真像一首绝望的歌

她侧卧着
一只手托着头

裸露的肌肤光洁饱满
如同所有生命的源头
阳光将身体划为光明和黑暗
就像世界本来的样子

时间慢慢走来
她听见
自己被劈成两半
但疼痛被遗忘在午后的微风中
斜着眼
望向空白
不知过了多久
她才想起唯一一句话
“Never more”

（注：Never more 此处意思为“永不复返”。）

尽　头

八月　月下
树在风中
唱着歌入眠
夜色似海

在她无边的胸中
一匹马正呼之欲出
滚烫的鼻息
时而跃起的身姿
结着草原古老味道的马尾
让她畅快
让她在自己的世界里辽阔
让所有阻碍全都退后
她的心滑过它流水般的毛色
记忆在他们之间升起

它记得
那个印第安人被长矛刺中

殷红的血在它足下慢慢凝固
空气平静得如黑暗一般
一位蒙古将领将帝国年迈的荣光
从它的背上卸下
此后无人知晓他的去向

她也记得
它在溪边安静饮水
鬃毛垂下的样子
像极了在沉思
它最爱
以自由的名义奔跑
用速度用野性用无与伦比的美感
丈量大地
丈量生命的宽度

而下一秒的她
却在八月的夜风中
在它闪亮的眼眸里
它的辽阔里
她渴望的惊天动地里
看见了
尽头

无法打开的降落伞

我们聊天
他哈哈个不停
我知道自己很有趣
也知道
他就这样远去
跟开始一样遥远

那一天
阳光年轻而害羞
淡粉色的衬衫
湖面吹来的煦风
都像记忆的风铃
不时响起

后来
我们登上古老的塔顶
城市闪着惆怅的光
我轻轻浮起

从日常的孤岛中
景致开阔
却无处措脚
他在一旁说
“找不到硬币”
“看不了望远镜了”
我也一脸遗憾
“没关系”
心底却莫名地欢乐
像看不到的是早已设定的终点

隔着流年和纬度
我们说好再见
悲凉从四面涌来
我什么都战胜不了
爱情
对我来说
是无法打开的降落伞

重

为了变重
我咀嚼一块块冰凉的夏季
吞下泡在海水中的尊严
吞下荒芜的自由
和多年亲手织就的没有裂纹的悲情
可我愈发轻了
纵使八月的月光
在我心间注满水银

“跟自己告别吧”
“这是变重的唯一方法”
九月拍着我的肩轻柔地说
于是我避开迎面而来的奔马
停止剪裁命运
炙烧体内的荒草
不再注视空白
晾晒时间
使它没有空隙收纳中场休息

把星星擦亮
让它们一起出演这场盛大的诀别

我做了所有的努力
直到你的影子远远掠过
才发现一切真的变重了
除我之外的一切

回到唐朝

（一）

朱雀大街走在晨光里
没有人注意我
商肆酒旗等着风
高耸的发髻
金色的步摇
西域的长靴
丝质的马鞍
我收回目光
朝南山的方向望了一眼
却依稀看见
卢仝耳后的长钉
玄武门前暗沉的血色
霍小玉掷杯于地的凄绝
教坊女子菱镜中默数的白发
此时
谯楼声起
宫阙一角的灵兽在日光下

刺痛眼睛
我按了下腰间的长剑
不知该怎么用

（二）

我眯着眼
岐王府里烛光如昼
丝管繁弦
胡舞裙角旋进琥珀杯中
人们假装沉醉
我把露出一角的诗卷
小心塞回袖管
呷了一口酒
咽下慈恩寺塔的豪情
和关门外只身离去的落寞
漫游
从此东西南北中
堤上的柳色青了又青

（三）

乐游原上

五陵少年绝骑而去
留下暮色与西风
以及我没来得及吞下的叹息
树不多
秋色很高
在镀金的天地间
我怀抱着你封存了千年的笑意
小心地侧身上马
去梁园的夜月下饮酒
去听阳关的羌笛化成飞雪
在连昌宫外与老者对泣
于建德舟中枕着渔火入眠

（四）

如果回到唐朝
我一定会留下
会活在更恢宏壮丽悲怆残酷的人间
不管那是恩赐还是惩罚

七点二十

七点二十
打开窗
放暮色进来
这介于黑白之间的靛青
纯净无垠
像孩子的心
窗口的绿色竹子
不再年轻
让人想起有泪痕的洞庭

一大杯米酒
跟世界一样混混沌沌
又热气腾腾
桌上几枚杏子
裹着金色的乡愁
跟黄土高原的骄阳一样
很甜

费了很大力气
杏核砸不开
时间甩不掉
都是些坚硬难缠的家伙
镜子凑上来
不怀好意地笑我的痴念
连音乐也是
刺透身体
毫无怜悯

慌忙捧起一本书
逃往文字的迷宫
那里总让人心安
我假装忘记了等待
不想
却撞上了一行字
“你知道总会发生点儿什么，但又不知何时发生”

蜘　蛛

我蹲在地上
和一只巨大的蜘蛛
对峙了很久
我们一动不动
比试着耐力

它的腿纤细有力
像被钉在地板上
在我犀利的目光下
没有丝毫震颤
我也全力以赴
发射着刀锋般的眼神
谁知起伏的呼吸
竟不幸成了败笔

赞叹　起身
此时才发现
它的头一直在另一个方向

帽　子

人家随手抛来一顶帽子
我不胜欢喜地接入怀中
明明知道那不是我的
还是郑重地戴在头上
精心地上了妆
为了显得和它很称
不想飘来一阵雨
才发现原来想要的
是一片遮住的天空
天晴了
我的头发绾着阳光
变成风中微微颤动的琥珀

起　航

雷声在夜色中痛快地翻滚
人间失了颜色
只好沉默

墙角的沙发上
一首诗正被朗声诵读
“我不想推迟”
低沉的呐喊中
一艘备了很久的船终于起航

无尽的蓝色在风中吞吐
桅杆上悬挂的圆月
是世间最简洁的雕像
灯塔和航标都隐身不见
船帆积蓄着所有的勇气
高喊出莫比迪克的名字

我站在船头

手心里攥着一粒种子

那是上个春天的偶然收获

把它种在大海里吧

这样想着

听见一扇门在慢慢打开

那片海要回来了

不知何时
我站在崇山之巅
头顶的星空从未这般清醒
月色因我的渴望而异常饱和
暗夜如此温柔
已知和未知的一切
从周身缓缓流过
在辽远和无尽中
在散发着谜一样诱人光泽的深渊之上
有一个声音安静升起
“那片海要回来了”

“啊，那片海要回来了”
是创世之初诸神梦到的那片湛蓝
是无情吞吃了伊卡洛斯断裂双翅的那片海
是悬浮着无数忽明忽暗的灵光片羽的那片海
是被众多荣光和耻辱遮蔽得面目全非的那片海
是无时无刻翻卷着你永不靠岸的笑容的那片海

是它

它真的要回来了

已走在泪流满面的途中

落　日

太阳一点儿一点儿收回
洞察世间、消弭罪恶的
支支利箭
他已疲惫不堪
终于可以向下
向下
渐渐地
身体变得前所未有的柔软
周身的血液慢慢黏稠
记忆的温情不断充盈
复苏的爱欲不停鼓胀
他突然快活极了
像被魔力轻轻吹了一口气
瞬间蜕去一切装束
现出赤裸的热腾腾的原始生命

此刻
他浅浮雕般的脸愈发细腻

愈发明艳
在广袤的天宇中
化身为一位绝世美人
孤独而多情
她雍容地转身
长长的裙裾曳过人间
残忍地留下一段迷醉
一段痴缠的尘缘

或者
他还是一位灵魂舞者
海域
荒漠
崇山
草原
每一双炽烈的眼睛
都是精心布好的舞台
在光影华丽的盛筵中
于重重设定下
从容起舞
舞出高贵的自由
让悲剧都现出稀有的柔和
让爱反复淬炼

高高耸起
令人敬畏
永远不动声色的时间
也被着了色
试图驻足欣赏蘸满玫瑰花酱的自我

而夜色终于集结着星月浩荡而来
空气中弥漫着废墟的力量
追逐
挣扎
回归
向死而生
这一切都是你们的想象
而于他
坠落就是生命的全部意义

风信子

我们对视
在书桌上
每次都很久
你一意歪向右侧
在昨天我纳闷地将你掰向左侧之后

好吧　你赢了
在我的眼皮底下
把该干的都干了
不动声色
留胡须
长出绿色的手脚
探出小脑袋
咯咯大笑
现在又了无意趣地打算歇着了
没完没了的紫气熏着我
嗤笑我的野心和笨拙的词汇

“这只狠角色”
“洋葱头”

死　神

（一）

我一眼就认出来
他穿着灰色的丝质衬衫
走路没有声响
他快速地望了我一眼
想咧下嘴
以示过意不去
那笑意被我回击的目光焚化
是从未见过的滑稽

空白
只有空白
恐惧将我卷起
高高托举
重重抛入没有边界的未知之海
沉没
会有船吗
有摩西吗

海底是什么
会清醒地睡着吗
一切会结束吗
审判什么的是不是个笑话
到底还有什么

（二）

他远远地现身墙角
斜了下眼
一副置身事外的神情
“公事公办”
沉默吐字清晰

我深吸了口气
吐气时感到一丝轻松
他听见
不可思议打了个清脆的响指
我看看四周
又满了的垃圾桶
沙发上新买的裙子
扯下来打算清洗的桌布
书桌台灯和绿色多肉

床头摆放的庾信和洛尔迦
不会有什么改变的
也许会有恶作剧
比如今晚之后
月亮充满肉欲
星辉长满芒刺
如果那些背叛卑鄙阴谋罪恶不低头
太阳将永远沉于海底

我有丁点儿想笑
可只轻声说："走吧"

（三）

他真的来了
黑斗篷有些旧
不可一世和夸张的嘲讽
他死死盯着我的眼睛
以防我趁机逃脱

没人想到
在我身后
一块幕布缓缓拉开

转过身
看见
被小提琴锯过的童年
拎着酒瓶在校园晃荡的青春
永远走在路上的爱
沉没在身体里的欲望
吐着舌头的自我否定
戈壁废墟
露天电影院和咖啡馆
从未去过的灯塔
意义
折磨人的意义
以及独一无二的日常

我回转身
看着他的眼睛
“那么，你呢？”

芥 末

她戳了一块芥末
塞进嘴里
闭眼
窒息
像被猛然抽空
或被刹那焚化
她张开嘴
试图呼吸
可等来的是蔓延的疼痛
没有形状
没有中心点
和想他时一样

身体裂开口
血液真气以及附着在身上的一切
都在汩汩地向外淌
一滴不剩
她觉得自己

再也盛不下任何东西
跟听到他淡淡的那句话时一样

过了好一会儿
才全身通透
世界清明
可眼泪怎么到处都有出口
真奇怪
“准备好了”
“只要将刚才的每一秒乘以无穷次方就可以吧”
她这样想着
吃力地吸了一大口气
好像再次听到了他淡淡的语气
“芥末，你是个好人”

小镇青年

小镇青年没见过大海
没听说过潘帕斯草原
可他熟悉镇东南那片青色方砖
和上面古老的白色影壁
小时候他被那儿的“古典”吸引
会想起戏词里的英雄与爱情

十六岁那年
宋体的磐石粗犷地爬上墙面
每到秋冬
墙下零落着几枝不知名的草本
墙后的秃树戳着灰蒙蒙的日色
他还是喜欢那儿
也喜欢心里填塞的台港歌词

二十二岁那天
他站在这帧完整的画面前
换上最时髦的衣服

顶着镇上唯一的长斜刘海
摆出了新世纪以来
最酷炫的姿态
左脚轻轻点地
上身全力右倾
双手插进口袋
一丝笑意带着无限可能
眼里盛满大海和草原

后来他辗转过不少地方
渐渐染上了中年的体型
他按照要求地生活
心里的大海已退缩为孤岛

四十岁的夏天
松垮的 T 恤忧伤地贴在身上
他右手拈着一枝野花
微微嗅着
突然想起磐石般的古典
和被仰视的时间

冬夜之一

冬夜
该有一座带壁炉的房子
有宽大的软摇椅
随意搭着的红格子围毯
桌子堆放的几本书
一杯热腾腾的茶
缠着忍冬花枝的绿色地毯
散落其上的老式唱片
抛着暧昧眼神的台灯
一切都气定神闲
连窗外无声的黑暗
和目空一切的寒冷
都不敢探进头来
这时　我一定在想你
于是
那躲在阴影中
伺机而动的叹息
便在炉火欢快的嬉弄中
永远地缺席

冬夜之二

生命在琐屑和无意义的仪式中
渐渐冷却
在沉沦和肮脏的自尊心的撕扯下
结成厚厚的冰
所以
我爱上了冬夜里的奔跑
爱这一路上
无动于衷的世界
肆无忌惮的冰冷
不知疲倦的霓虹光影
纵身跃下拥吻大地的落叶
还有在呼啸的寒风中
被放大的喘息和拉长的影子
那必然从身体最深处蒸腾而来的热浪
从每个毛孔中涌出的响亮存在
他们狂野无畏
他们汇聚跃动

他们穿透冬夜
让一直跟随着我的清冷孤月
也终于获得了温度

高加索的四季

婚礼进行中
日与月被装点成婚车的两轮
星星被点燃
摇曳升空
游动的云
簪在新娘的发上
圣洁得如同盛开的羊群
人们簇拥着欢笑着
新娘戴起白色手套
晶莹的盐粒结满面颊
春风辽远
面饼在炉上滋滋地长
为她的伤悲和憧憬伴奏

新郎挽起她的手
用他握着锄头翩翩舞蹈的手
用他扬着马鞭与暴雨作战的手
他的脸无数次重合

闪现在秋日的草甸上
闪现在冬日的极端中
无论急速滑落
还是被死亡托举被希望淹没
他始终奋力怀抱着羔羊
怀抱着家园
怀抱着祖先的命运
怀抱着永无止境的艰难
和永无止境的生长

清早的声音

清早带着快人一步的小得意
端坐在窗前
有时什么都听不到
有时又能听到每米阳光的轰鸣

不知何处传来的隆隆声
遥远而沉闷
断断续续
像伺机而动的潜伏者
汽车转过街角
呻吟了一下
又嘟哝着扬长而去
一辆自行车驶过
车轮与不平的路面
来了个清脆的吻

清早
听见枝叶分分合合的细语

对面三楼的阳台上
壁灯发出疲倦又执拗的声音
啊
影子生长的声音安静又壮大
它这样想着
不确定是否听到了虫鸣

14 街的咖啡厅醒了
咖啡豆碾碎的声音
在它心里升腾
声音充满香气
回响着无数意义
但不会有人注意
就像一颗起起伏伏的心
连绵成无数群山
却永远不被听到

清早
可以是任何一种声音
唯独没有火焰熄灭的声音

确　定

五家酒店
七个转弯
九十八个路灯
匀速四十五分钟
三十度的微风
月光下
百无聊赖的江面
流动的金色大桥
吹拉弹唱的老人
牵着各色宠物的人们

你走着
想象着现身窗口那个人的一生
为漂亮的白色小狗编了爱情
听音乐
歌里的董小姐现在去了哪里
你回味着
今天让你落泪的那本书

伊斯坦布尔的街道和气味
你思考旅行的意义
阿维尼翁和天池
有时你想作诗
一路咀嚼着无从下笔的诗题
最后你决定爱一个人
哪怕此去山高水长

只因为
你如此害怕那两个字
甚至不愿想到“反抗”这个词

月

她不知该从何说起
对她而言
时间不过是个传说
几个瞬间就轻易战胜了永恒

她确信自己是冰川纪遗留的
最后一块浮冰
因梦想飞翔而得此幸运

她记得那个
平林尽处
小楼之上
清风满袖的独立身影
四目相对时
一下就看清了彼此和命运

最难忘恩底弥翁醉人的脸庞
她用尽自己古老的存在

轻轻地俯身一吻
不曾想到
从此拥有了金色的温度

她也爱微风中摇曳的桂影
喜欢在厚厚的桂香中
听玉轮轧过团光的声音

有时她厌倦了一切
羡慕起欢笑争吵
甚至死亡
而她的影子
总在种种变形中
略带嘲讽地提醒
既然占有了整个夜空
就只能继续成为
世间最美的装饰或者
残酷最真诚的注脚

我想和你

我想和你
在某个路口
不期而遇
微笑
然后擦肩而过
我用背影目送着你远去
有一生那么长

我想和你
在春日的电影院
看一部冗长的剧情片
然后在落幕前
擦干眼泪
起身离开

我想和你
在午后的咖啡馆

荒废那些听说很重要的生命
阳光流进你最爱的眼睛
像无穷无尽温暖的河

我想和你
在清澈的夏夜
看永远也弄不清的星星
荷花的香气隐隐传来
我认真想
为了此时此刻
要怎样和时间做一场交易

我想和你
在寒冷的雨夜
撑起一件外套
笑着冲进街角的便利店
要两杯热腾腾的奶茶
看氤氲的热气淌过你完美的侧颜

我想和你
在秋日的黄昏
踩着枯黄的落叶

听咯吱咯吱的声音
让整个世界沦为背景

我多想和你
像这样出现在同一个时空
忘记
我们终究只是路人

归　来

鲜红的液体不停收缩、扩张
在压强中心
总有一些东西不停搅动
喷涌欲出
它在寻找
一直在寻找
那些伟大而隐秘的出口
如无风时雪花一般的想象
到底该怎样安放
那些遇见与对视
瞬间与改变
那些安排十月星辰的狂野努力
和无人知晓的一去不返
弥漫着生命力的永远不再
和戛然而止的残酷美丽
还有
还有你紫罗兰般的回眸
以及春日茶园里落在微翘睫毛上的

那滴绿色露珠

此刻

终于不用等了

我看见

灯塔已在薄雾中升起

希望正震耳欲聋

未来的日子

半个夕阳迷醉
投下冷冷一瞥
向人间
透亮的红色被挤出来
点点滴进我膨胀晃动的心

闪着金光的大海
眨着蓝色的眼睛
风起时
细密的纹理
拍打在我的脸上

我将所有的过往
一把拎起
使劲摔打
用力揉进未来的日子

人　群

向前
人流在游动
彩虹般的脸晃啊晃
没有形状

路口一台摩托车尾巴很炫
吵得流浪歌手
仰起头眯着眼
却没看到天
阳光攥着一大把尘埃
琢磨这天空都装着什么

面包的香味清脆地逃逸
一面涂鸦墙猝不及防地迎面撞来
不知何处传来钟声
我蓦然发现
原来身体一直上着发条
一圈又一圈

一位女子从身边掠过
她身后的银杏纹理明晰
两片叶子扑哧笑着
互相拍打着
底下的人群来了又去
哭了又笑
它们不嘲笑
也不同情

你

被偷走的岂止是睡眠
我甩了甩头发
在时间的迷宫中
昂首走着

因为
你一直在那儿
在怒放的云涛上
在太平洋的呐喊中
在草原长歌的星空下
在晨光熹微的尘埃里
在变成化石的一颗心里

忘记你
每一天都将是流放
忘记你
除非世界变得粉碎

即便世界真的碎了

每一个碎片中

都是完整的你

奔　跑

为了见你
我用了半世奔跑
人们前来相劝
说种种不该
说无力的命定
说不能再远的遥远
说没有结局的结局
我笑了笑
不曾放慢脚步
我不是不知道
他们所说的一切
只是
在这个有你的世界
就这样向你奔去
已然最好

邦克

清晨
第一声邦克响起
从 1400 年前而来
穿越荒原高山村庄河流
绕过高高的宣礼塔
回到天际

向尽头延伸的灵魂
被这声音濡湿
然后被打磨光滑
它从高处张望
看见自己
变成空无所有的青铜之境
或是什么都装得下的深海

十岁女孩溜进大殿一侧
虚掩着的藏经阁
赤着脚

蓝色地毯藏起一声声小小的心跳
古老的味道
追寻、叩问、宣示、背叛、归真与重生的味道
无声的柔光再现了
数也数不清的跪倒和起身
祖先们的脸层层叠叠
比净瓶里的水还要清澈

女孩走出来
轻轻关上门
没人看见
薄暮里
最后一声邦克响起
绿色穹窿上的新月
微微颤抖了一下
一切又归于平静

燕 子

僵硬的燕子
从斯德哥尔摩的冷床上跃起
绕过坟墓
掠过俄罗斯的深重
沾上西伯利亚绝望的气息
穿透等待
刺中一颗蓄势待发的心

而它们温婉的东方同类
两千年来早已习惯
在落花微雨中双飞
在暮春的帘幕间翻卷
在画堂上旁若无人地呢喃
装作从不在意
那些黏滞的思念
那些被泪水浸泡的春色
和月下久久独立的身影

这个没完没了的夏季雨夜
在昏黄的台灯下
他们相遇
认出了彼此
然后在审视与同情下
退回到各自的韵律和想象中

绸缪

这是我读到的最早的不眠
良夜无声
满意自己这晚的设定
清风　帷幔　明烛
粲者如斯
他被牢牢捆住
被四处冲撞的幸福
被想象中确知的未来

爱肆意流布
没有一丝留白
他成了
一尊呼吸着的石雕
“我啊我”
“到底该怎么办”
影子微微颤动
三星流转
庆幸自己的另一种永恒

梦

很多人
认真地交谈
眺望　指点
在一片高敞之地
每一张陌生的脸
走近　转头
偶尔投来一瞥
你凝神想着
他们跟你可能会有的关系
还有一些大树
跟人群互相缠绕
天很高
云很薄

突然
一切都消散了
蓝色的透明中
一个背影

微微靠着栏杆

站着

跟天空一样的色彩

一样的无垠

你静止了很久

终于明白

这一片晶莹透亮

在引诱你

让你以为

也许可以回得去

坍　塌

为了向他走来
她变成堂吉诃德
固执而坚定
没有铠甲
也要挥舞着长矛
与命运与角色设定
与看得见的终点
决斗

然后准备好
她的过去与未来
已经和将要拥有的一切
岩溶的力量
海啸的意念
她瘦小身躯所蕴藏的
天地间最壮观的
风暴

她还要窃取最极致的美貌与
智慧，纵使震怒的雅典娜
将自不量力的她惩为美杜莎
也绝不动摇，她仅剩的头颅
她每一根邪恶的蛇发都充满
柔情

她要将这世上
哦，不，
将所有次元里
发生或虚幻的
梦幻或荒诞的
浅吟低唱或惊涛骇浪的
灌注着悸动甜蜜怀想遗忘仇恨复活
的种种爱意
全部相加
一口吞下
然后用独一无二的灵魂和肉身
淬炼出只属于他的
痴念

她背负着这一切
如巨灵般走来

为了不给他带来负担
她恳求神祇
让这万钧之重隐身
即使作为代价
她将永失“希望”
没有人知道
她忍受着怎样的极限
练习步履轻盈
练习若无其事地微笑
只为来到他身边
轻声笑谈
可是　可是
他在哪儿

是的
她只是在每个深夜
在灯下
工整地抄写
那些别人笔下的“你”
任由残忍的无关
将她永恒悬空
并在时间的囚牢里
一笔一画
坍塌

独幕剧

他们亲热地聊着天
从未计算
相忘于江湖的时间
有时也面对面地自言自语
就像爱情本身那样
醒目的句号在不远处矗立
他们装作看不见
专心地嘘寒问暖
呈现自我
每个推拉腾挪
每个哈哈大笑
都真心诚意地成为掩饰

他们前所未有的无畏
蔑视时间距离及流言
即使它们成长得太快
从裂缝不经意长成深涧
可那又怎样

将完成爱情当作信仰
没有什么比这更具力量

爱情是场独幕剧
他们默默排演了多次
等待有一天
能大声念出最后那句台词
“一切都会好的”
心里却清楚
“一切”里不再有你

夜

等了很久
还是没人接住那条沉下去的鱼
它竭力吐出的七色泡泡
淹没在蓝色的深海里

啪嗒一声
梦突然被硌得生疼
黑暗中紧闭的双眼
更像是一个笑谈

白天
很多人前来
等着听我唱一首玫瑰色的歌
我假装唱了
他们满意地转身笑了
我也笑了笑
在遥远的阳光闪耀的葡萄园里

候人歌

到底是怎样的安排啊
谁曾想过
数千年的修炼
只为与你的这次相遇
而这一遇
仿佛只为成全这场等待

每个晨曦
我如期而来
伫立于涂山之巅
天地温柔地环抱着我
从不追问为什么
我也毫无保留地
将浩荡的爱与希望
填满天地之间所有的空白

每个黄昏
群岚渐渐隐退

我开始害怕会忘记你的样子
好担心
那个属于我的
嘴角微微上扬的男子
也模糊成一个叫作英雄的符号
最后
我满心欢喜地落了泪
在把自己遗落在
初见你的那天之后

每个夜晚
依旧坐在山顶那块石头上的
我的心
化作一粒种子
山风飘来
把它吹落
便长成了空谷里那株
舍了香味的海棠
我竟日凝望着她
没有时间想象
你怎样从遥远的远方
突然出现

当我唱出那一句长长的歌
“候人兮猗”
三千六百个日日夜夜
原来短得
只是一念

（注：涂山之女是大禹的妻子，相传为九尾白狐所化，与大禹邂逅之后，开始了十年的等待。她所作的《候人歌》虽然只有四个字，却是我国现存最早的一首情诗。）

萨　福

传说中
有一个这样的结局
在悬崖边
我摔碎了心爱的竖琴
抱着和天地一样深广的绝望
纵身一跃
投入大海
于是
怎么也流不尽的泪水
将海搅成了咸咸的苦涩
怎么也停不下来的疼痛
将海染成了深深的蓝色
那翻卷起来的白色巨浪
是我永远沸腾的热望

两千六百年了
人们沉醉在这迷人的结局里
于死亡的腐朽中

嗅到了娇艳的花香
他们唏嘘
我那些动人的诗篇
能掀开卢卡斯海边的巨石
却打动不了年轻法翁的心

现在
是该告诉你们
真相是什么
我摔碎了世间其他的眷恋
抱着唯一的执念
投入永生
我的心上人啊
从此再也没有离开过那片海
他的金色长发
飘起来的时候
一定是我在他耳边
轻声呢喃

（注：萨福是古希腊最著名的女诗人，传说她最后爱上一个叫法翁的年轻渔人，爱而不得，投海自尽。）

你的眼里

他走来
手里握着花环
绿色玫瑰和粉色蔷薇
他盯着我的眼睛
看见了从我心里涨出的河
以及被反复浸泡而死的梦
“你的眼里是什么?”
他问
“哦，是雨滴”
“四月一到”
“我就会醒来”
“那是苏醒后看见的”
“日复一日落在我的墓碑上的雨滴”
“是暗夜里戴着镣铐的微小奢侈”
“是月亮的流水裹走的无重叹息”
“是……”
我轻顿着
很想微笑

“是极力闪避的……”
嘘，他做了个手势
将花环套在我的颈上
轻点着头说
“是的”
“我是提前到来的命运”

荒原之井

将自己掘成一口井
用骨头　肌肤　跳动的心
凿穿原始的欲念
粗粝的热望
坚硬的命运
和厚重的活着

向深处去
掩埋　坍塌　窒息
死亡如影随形
地心的恶魔不时舔着舌头

向深处去
时间在瓦解
绝望在碎裂
天空仿佛越来越近
流星争着坠入我怀中

我舒展着
走向被世界遗忘的角落
与江海相连
与隐秘的核心紧紧相拥

于是
你看见了我
爱的荒原上
一方与你凝视的井
一个小小的有限
却不知
我无垠的黑暗
我深不见底的生命
只是为了向你
只向你
呈上永恒的甘冽

街角咖啡厅

街角的咖啡厅不大
巨大的玻璃墙上
阳光欢快地打着圈
纯净的钢琴伴奏
和着充满魔力的男中音
轻易吸附走所有尘埃
也过滤掉狂喜和悲哀
音乐在雪山脚下流动
绕过昨天和明天

屋里有风信子的香味
烤面包的香味
做梦的香味
透明的香味
最终合成遗忘的味道

左边角落里
低着头的情侣相对而坐

话不多
像偶尔伸出触角的两只软体动物
更喜欢缩回坚硬的壳中
窗外站着一棵银杏
叶子不小心落下
遇到了刚好经过的紫色裙角
蓝色单车匆匆驶过
影子吃力地紧紧跟着
一个男孩牵着妈妈问东问西
几片云吞吐着寂寞

勺子轻轻转动
人间浓缩在一杯咖啡里
进入了身体
人离去
留下无数打着哈欠的心事
和被磨损的记忆

九　月

我又见到了
去年相册里的那片向日葵
在九月这个出其不意的夜晚
它们傲然挺立
显得很美
我立在原地
淹没在一半喜悦一半悲哀的
迷人眩晕中
忘记向更深处不停走去的自己和世界
一如遥对的半轮明月
在渴望逆风飞翔的瞬间
忘记了轮回的意义

夜风微有凉意
生命的底色从未如此清晰
我们执着于现在
对过去和未来充满畏惧
却依然一步步丧失资格

可是九月的这个夜晚啊
看着摇动的树影、奔跑的身姿
街角闪烁的招牌和水果店老板的笑意
脑中掠过爵士酒吧略带苦涩的吉他曲
起泡的法式甜酒
渐行渐远的骑手与没完没了的草原
挥舞着的匕首与无法预知的死亡
在对命运挑衅和嘲弄的幻想中
在对爱情经久的想象中
得到了慰藉

于是站在九月巨大的缺口上
我怀抱不会变形的坚定内核
告诉自己要活色生香
并且不必勉强

扬谷场

秋天是个巨大的扬谷场
有完美的弧线和金色的欢快
夏季的冲动还未褪尽
人们归心似箭
来不及与历史有所重叠
便被抛进这盛大的仪式中
翻滚跳跃
筛掉浮尘
剔除多余
剩下沉甸甸的自己
收藏希望
在对纯粹简洁宏大的永恒构思中
获得冬天

瞻　仰

所有的伟大与崇高
所有的传奇与命定
所有的信念和逃遁
所有惊世的美与毁灭
所有暗黑的欲望和隐秘的沦陷
所有奋不顾身的燃烧和挣扎
所有尊严的活和高贵的死
都在时间的浅笑中
风干
然后被轻轻拎起
高高悬挂
供人们瞻仰

比如
印着人像的都灵裹尸布
赤色的庞贝灰烬
望不到湖山冷月的素贞
诗人淌血的傲慢枪口

在虚无的预感中战栗的金阁
芥川临终的眼
比如
比远东还冷的乐曲
永远无法愈合的伤口
今夜绸缪的满月
和被任性弄得东倒西歪的世界

灯　塔

动荡的世上
它是一颗会衰老的恒星

我们一再错过
哪怕在写下文字的此刻
我不知道它的形状、颜色
裂缝的走向
光柱穿透的海里
与脚下深海的情仇
可当浮云掠过
大地阴影重叠
日月光影瞬变
人们被时间之海淹没
被许许多多的应该和以为撕碎
它就在那里
与纯净的黑暗相伴

我不止一次地看见

她遥对着它
长久地凝望
却没像你们以为的那样
思考可悲的命运

而他情不自禁地前来
只为将无法言说的伟大到
终将随风散去的爱情
埋进它的光明与古老中

我甚至迷恋上与它的错过
每当这时
守夜人的誓词
总会从轻摇的海天之间传来
清晰有力地
镌刻进我的身体

凯　凡

白色的凯凡缓缓落下
空气圣洁
墓道新鲜而庄严
安详地仰望着一角天空
温润的唱经声响起
绕了辽远的一圈后折回
一只绿色的蚱蜢
轻巧地从身旁一跃
消失在似有似无的草色中

今世最清醒的梦

每个深夜
我独自在灯下
听别人的诗
想他者的世界
做学不会的思考
而你总在此时出现
白衬衫上有月的清辉

是你
我今世最清醒的梦
是你让我拥有
安心的悸动
笼罩夜色的幸福
掩埋尘埃的坚定
是你让我渴求
无所畏惧的自我
回到任何原点的勇气
和在梦中都没有穷途的年轻

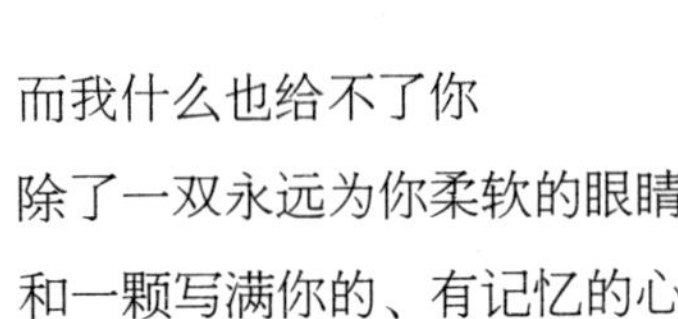

而我什么也给不了你
除了一双永远为你柔软的眼睛
和一颗写满你的、有记忆的心

春　天

春天暴死于一面镜中
在罂粟花盛开的四月清晨
它不动声色地理好绿色的躯体
将自己葬在这真实又虚假的墓中

时间从容地老去
它知道复活发生在
每一个红色越橘滚烫的日子
尽管旋转的年轮
吸干许多残酷的春梦

春天有一场盛大的等待
可所有的遥望和战栗
都将在沉默中化为灰烬

在春天
我吞下了曼陀罗黑色的种子
哦，亲爱的

只要你向我走来

远远地走来

那不可预知的黑暗就会遁去

那半生颠沛的爱才能永离不归之路

十　年

我的身体
被劈成了两半
疼痛像雪
开始时
闪着白刃般的寒光
慢慢地
消融
化作一缕青烟
散去
我一点点地
失去重量
飘起来了
飘向一座深海
里面什么都有
就是不再有我

后来
有人揪着我的头发

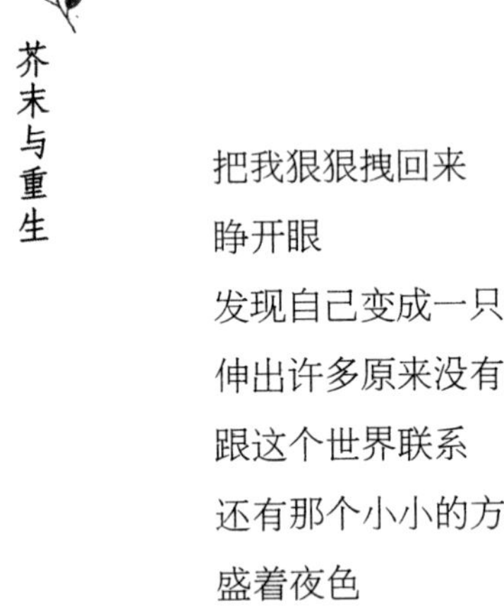

把我狠狠拽回来
睁开眼
发现自己变成一只蜘蛛
伸出许多原来没有的脚
跟这个世界联系
还有那个小小的方窗
盛着夜色
那滴巨大的绿色的泪
很憔悴
我轻声说
脚疼
又沉沉睡去
可从没这么清楚地知道
白昼就要来了

九月之二

那一年
九月
一辆公交车心情低落
两车的人被拍成三明治
你的胳膊成了我的腿
蹲在云端的我看了直发笑
插队来到这个可笑的红尘
4 斤 2 两和保温箱
是贴在身上的第一个标签
突然
我对一切都起了疑心
拒绝睁眼
是我对世界摆出的最初姿态

那一年
九月
文瀛湖边野趣十足
我像一个剥了皮的洋葱

淡紫色的衣服
笑意盈盈
他们不知道
我早把眼泪和辛辣
注射进身体的每个细胞
我装得若无其事
在弯弯的月亮下
想着村里的小芳
是否幻想都市里的鸳鸯蝴蝶梦

那一年
九月
绿皮火车呼哧着粗气
筋疲力尽地把我驮到
不曾梦过的江南
甜得发腻的番茄炒蛋
麦芽糖似的桂香
包了保鲜膜的灰白天空
运河船上染了乡愁的上弦月
武林码头柔软潮湿的灯光
都被我小心整理
放进记忆的收纳箱

那一年

九月

听哥哥的演唱会

没有荧光棒

没有望远镜

没有同伴

身上淡绿色的吊带裙

总让我想起

宿舍窗前的那盆绿菊

哥哥金属色的声音

在花火盛开的那晚

成为青春的薄奠

我把心关在门外

挥手作别

又到一年

九月

海子和周云蓬

就像我的北方

苍茫而深不见底

用岁月做底的声音

夹着秦风汉雨扑面而来

我一遍遍跟着唱

远在远方的风　比远方更远
我的琴声呜咽　泪水全无
我把这远方的远归还草原

热泪盈眶

尺　八

一只尺八沉睡千年后醒来
幽暗的铎声时隐时现
和月色胶在一起

青苔被逗起心事
他默默地奋力向前　向前
想趁着这份深沉
去遇见石阶上
那片刚刚坠下的桐叶
绝不告诉她遥望与痴守
有着怎样彻骨的甜蜜

斑竹陷入惆怅
暗垂的珠泪被采集
正和伊贺茶碗中的一点春色
一起凝固
墙角秘色瓶中古老的藤花
落寞着

始终不知道一滴珠泪滚烫的前世

碧潭忆起往昔
多年前越过崇山而来的女子
在金属质感的月色中短暂驻足
在她空无一物的双眸中
他蓦然洞见了
那掩在从容深寂下
忽明忽暗的欲念

一只尺八沉睡千年后醒来
在银色虚空中
做着他界的幽梦
透明而坚硬

烽火台

——献给我的故乡我的北方

我从裸露的黄土中长出
听笳鼓悲鸣
看铁骑奔突
呼啸的北风
是我苍凉的歌声
烽起的狼烟
是我游走的魂灵

我曾看见
匈奴阵中飞出的头颅
硕大的银质耳环
闪着耀眼的光
一位鲜卑贵族垂了头
滴血的窄衣上
舞着龙凤图纹

我曾看见

不可一世的将军
倒向大地
他用最后的眼神
刺穿长空
心爱的战马
仰天长嘶
清脆的骨裂声
回荡于荒野

我记得
那位美丽的姑娘
绝世的容颜
温暖了关山
她的眼中依旧带着
江南的春色
时时回望的红妆下
藏着一把闪电般的利刃

我也记得
敲刁斗的少年
清冷的夜色下
一支羌管
温柔地拂着乡愁

笛声化作漫天飞雪
苍白了月色

如今
我同山川一起老去
又看见满山的杏子熟了
一张张金色的脸
比阳光还要明艳
一群年轻人走来
衣襟里兜满六月的香甜
他们围着我笑谈
双眼掠过千年
一个男孩儿
指着大山那头
逗身边的女孩儿
“再胡作非为　也把你送去和亲”

雪　狼

黄昏
无人的旷野
没有脚的太阳
如一滴凝固的血
疾走
天地静默
不敢呼吸
终于
北风战栗
震颤的天际
雪白的狼群
带着远古的月色
浩荡而来
飞奔的脚步
踏向大地的心脏
刀锋的目光
追赶落日的背影

那高冈上的一声长啸
不知击碎了多少
怎么也醒不来的长梦

路

我一直在寻找
一条合适的路
不知不觉
就到了终点
我立定在那里
反复想
之前的路
是不是对的
如果重来
一切会不会不一样

突然
惊讶地发现
原来自己
是站在路边
许许多多的人们
继续走在那条路上
或哭或笑

根本没有人在意
任何一个
可以成为任何人终点的
终点

绿色的海

那一夜
我越过荒寒的尘世
去看你
你真的在那儿
就站在星辉中
真实得像上个世纪的梦
我的泪水夺眶而出
滑落在无边的时间里

那一夜
我们之间隔着一座绿色的海
我多想浮过这海
换取你片刻的目光停留
而轰鸣的心跳和夺目的光影
将这微小的渴望吞没

可我依然感到前所未有的幸福
因为　因为至少有那么一刻

世界转身　隐退

只剩下

在花火中盛开的你

和远远仰望着你的我

十五分钟

373，摇着翠绿的身体温吞吞走来
脑门上的红色字体对着我的等待挤眉弄眼
它喘着气
停下　张嘴　将我吞下
我混杂在混杂中
跟人们一起
靠近　疏离　挑剔　无视
我的目光东躲西藏后
被钉在电视屏幕上
看见巨大的无
车窗外的建筑和树木冷冷戳着
我在或是不在
都打动不了他们
到站了
我低头走入
有风的终点
突然想
每天
我的十五分钟去哪儿了

复 活

九月的这一天
我终于复活
被耳鬓厮磨的一切埋葬了很久
不能看也不能想
像一枚史前化石
清楚自己的终点
却没有出口
连一丝裂缝也没有
最终被自己遗忘

我醒了
这并不值得庆贺
离生活更远了
依然渴望被一切拒斥

唯一的安慰就是
又见到平行线那端的你
我们一起走
走出一个关于无关的命题

我的睡眠

我的睡眠出走了
伴着几处忽明忽暗的疼痛
在寂静的轰鸣中
窗外的雨卖力地
将世界砸出无数深深浅浅的坑
我的睡眠很光滑
在记忆与忘却中
随意流动
夜更稠密了
我的睡眠明晃晃高悬
前所未有地
照见独自的我
照见和一切的一切在一起的我

系

佛说
将纷扰的万念
系于呼吸之间
便能拥有智慧
如果
将世间的一切全都系住
那一定很有趣

比如
将日色系于群山幻化的阴晴中
将明月系于扣舷独啸的襟怀里
将春意系于荼蘼架下无名的欢笑
将乡愁系于老宅午后无风的昏睡
将思念系于雪夜独酌的舟中
将回忆系于江湖夜雨的灯前
将野心系于腾挪不已的文字
将功业系于隋堤的腐草与萤火
将时间系于黄尘清水的三山之下

最后

请将爱系之于我

而你

世间唯有你

属于自由

白云歌

昆仑遮蔽了天地
白云无声
来了又去
八骏立定于山前
鼻息消融在雄浑中
一万二千里的西行路
渺小而荒唐

诸神献祭出家园
他们于瑶池相见
王母张乐
穆王饮酒
盛大的仪式里藏着盛大的爱
他们歌唱
歌声跌落在闪耀的池水中
只有“将子无死，尚能复来”断续传来
回声悠远
一万二千里的归程

寂寞而广大

自别后
她凝视东方
思念矗立成另一座昆仑
她深信约定能战胜山川阻隔
战胜责任甚至生死
书上说
他没能再来
他们都错了
真正的结局是
多年后他如约而至
而她已无法将他认出

水在上升

思念长成一座孤岛
藏在无人看见的大海中央
词语流离失所
和盘旋的海鸥一样
自由地拘限着自己

孤岛藏得更深了
岸边的人一遍又一遍张望
只看见一分为二的水天
他们选择了过滤
却嫁祸于永恒

“水在上升”
旁白从某处响起
“水在上升”
众声应和
回声无处不在

六月的一天

六月的一天
我如帝王般被簇拥
被嬉皮笑脸的失败
它们紧贴上来
每一转念
都会被勒得更紧
而我的心却在云端
轻盈如旷野之风
它穿过浩渺的星空
带着雨林的气息
与明媚的光影
和着初夏的节奏
长歌不已

电话响起
我猝不及防被拉回
被讲述中的一部电影
故事里

放大的包围与抗争
嘲弄与挣扎
在生活无耻的笑意中发酵
当所有细节隐退
我永远记住了那个谢幕：
“她”又一次被无情击倒后
与男友搭着肩
消失在路灯的悠长里
于一个无风的夏夜
这是我知道的
最好的结尾

长江边

他站在近岸的
小小的水湄中央
像王者站在仅可容足的领地上
江水舒展
折叠着粗粝与尖锐
疏离与动荡
威胁与有趣
远山轻叩节拍
雾霭裹挟日色
一旁的城市在遁隐

无数隐喻在他脚下起伏
意义们争先恐后地奔走
数亿次停滞的努力再次被按压
他望着这一切
目光温柔
不是作为旁观者
而像造物主在欣赏自己的杰作

宽容和悲悯将生活
在他身体中央造成的窟窿慢慢填满
并继续充盈
在他周身筑成一道透明的坚硬屏障
什么也无法进入
记忆失去记忆
时间侵蚀时间
命运无力地搓手
生活识趣地躲在一角
它正蹲在黑色公文包上
公文包跨在老式自行车上
像往常一样
打着不受控制的哈欠
擦着没有悲欣的泪水

唯有白云
如山般在头顶驻足
成为他圣洁而静止的王冠

我不知道

读我笔下走出的文字
总是很羞怯
不知怎样才能更好
到哪里寻找轻逸与精确
飞翔与沉潜
怎样网住想象的精灵
怎样走向深处
怎样在世界在生命这些巨大的词汇里钻着深井
怎样让惊世的传奇碾压我的灵魂
让转瞬即逝的悲剧冲撞着我
太多的不知道
就像近来
不知道她到底是因为迷恋忧伤与无望才爱上那个并不熟悉的年轻男孩
还是刚好相反
不知道一本旧书的前生往事
它的旧主人在某个不起眼的诗句下小心画上红色圈圈时是否咬了下嘴唇

不知道为何伟大的爱情终究不过是成全自己

放逐奉献沉沦刻骨铭心终究不过是绝症的表征

不知道一座城市是怎样将所有人的呼吸生死爱恨记忆搅拌成气味格局与色彩

然后再一点一点投射在每个人的每个瞬间

不知道

我只好等待

史诗神话有故事的人一张画一首歌

琐碎的日常似是而非的念头甚至活着本身

都请和我一起翻滚一起着魔

永不停歇

不需要交流以及掌声

一千只月亮坠落

（一）

一千只月亮坠落
嵌入丛林中的小路
锋利的银质边缘
割开气味和颜色
光的荆棘
危险而迷人

（二）

米娅和雷帕相爱的那一刻
万物便镀上金色的光晕
独一无二的誓言响起
通往每个新世界的门
便会逐一打开
金色流光带他们开启无限旅程

（三）

月亮嫉妒得发狂
“啊，爱的炼金术”
“掳走米娅”
“让她爱上我”
“便能拥有太阳的光辉”

（四）

米娅被囚禁在三颗星星筑成的洞穴
乌黑的长发是银河最温柔的迷宫
月亮陷落其中
忘记了野心和出口
一千个晶莹的化身
第一次拥有明暗和变化的弧度

（五）

米娅用星星们的微光
织成长长的白色缎带
“逃离　逃离”

“用星月般的永生”
“换取和雷帕的最后一次相拥”

（六）

雷帕变成猎豹
每个黑色豹斑都是复仇的火焰
巫师说
只有猎豹能爬上拉哇山巅
那座爱与火的神山
用生命铸成利剑
加上爱的誓言
便能刺落月亮的一千个化身

（七）

一千只月亮闭上两千只迷离的眼睛
昏昏欲睡
星星们开始行动
系上白色缎带
缀成牢固天梯
“和米娅一起逃离”

“去看看有温度有牺牲有爱有毁灭的人间”
“消逝也在所不惜”
米娅攀着天梯
星星的尖角戳伤她的手脚
向下 向下
逆行 逆行
冲破风的网
砸开气的墙

（八）

猎豹的速度和冲击力
战胜了向下流淌的熔岩
雷帕攀着山石
拉哇的神圣灼焦他的手脚
向上 向上
逆行 逆行
站在山之巅
耗尽生之力
举起铸入生命和信念的长剑
念出独一无二的誓言

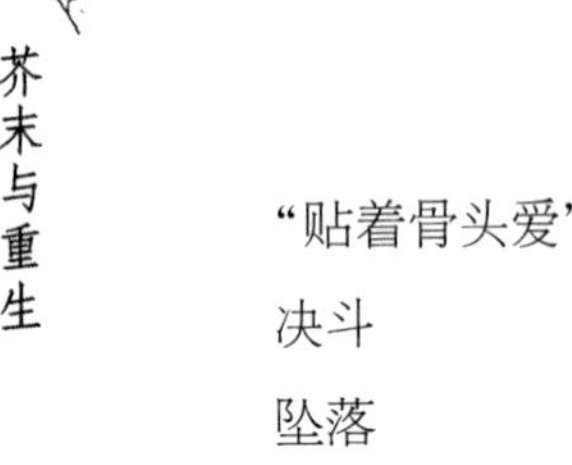

“贴着骨头爱”
决斗
坠落
没有输赢

（九）

米娅回到人间
她一眼认出倒在山脚的猎豹
插在身边的生命之剑锈迹斑斑
“雷帕”
她缓缓抱起他
紧紧相拥
流星漫天
是不绝的挽歌

（十）

一千只月亮坠落
嵌入丛林中的小路
锋利的银质边缘

危险而迷人

米娅走在光的荆棘中

鲜红长裙盖住一千块心的碎片

猎豹横在她的颈间

他们骨头贴着骨头

“没有幸存者”

“雷帕”

“在爱里”

“没有幸存者”

无　题

一月，阳台在跳舞
红白格子外的大海
失去了对色彩的执着
夜里，一粒椰子砸中蹩脚的秀场

二月在第八天放开一月的衣角
一头撞进苦雨中
撞进剑拔弩张中
感染上了忧郁

三月从信件从诗歌从皮革中复苏
一味雀跃欢欣
不知悬浮和易碎已在沉潜

四月是一方小小的绣台
灿若织锦的文字被剪裁被拼缀
历史与美景隔着一面灰尘相遇
香气从四面升起

五月装腔作势
荣誉被挑在剑尖
出击
刺中了真真假假的妒忌和豪情

六月脱轨了
客气而孱弱的告别
熄灭了微暗的火

七月试图斩断六月的尾巴
用怀旧重塑王城
而北方的千沟万壑和残损古堡
演示了坚固与消亡的本质

八月开始于一场刺杀
沉迷于思想的美丽影子
结束于一棵巨木撞击洪流的
声侔鬼神的震动中

九月是最得宠的孩子
自我顶天立地
嘉年华上旋转着新的责任

十月和十一月将迎来
彩色的狂欢以及
温良的宿命

十二月斩钉截铁地到来
大声宣告
“既有爱又有污秽凄苦的轮回”
“又会开始”

后 记

我的同事、诗评家娄燕京说："有人写诗，只是为了证明他不会写诗。"这话如高悬头顶的利剑，常使我惊惧，也让我在诗人这一头衔面前从不敢造次，而今这本集子依然敢于面世，一是对师友们的垂问和关切有个交代；二是对过去的生活和创作做个中场小结；三是作为一名有着游牧血统的豪气女子，想借此拍拍自己的肩鼓个劲儿："嘿，别怕，干就是了！"

我写诗这事是从一场中年癔症开始的，那时突然迷恋上一位韩国巨星，一颗炽烈的心无处安放，只好化为文字反复咂摸，那些稚嫩的爱情之作之所以被收录，也是向源头致敬的意思。后来渐渐从文字安排中体会到了创造的快感，那种从无到有的生发过程极为美妙，一首作品从点燃到完成，会激动，焦躁，如释重负，最后平静而愉悦，还掺杂着些许不安。更有趣的是，生命如流水，过往即异域，而写诗的每个片刻都像在高倍显微镜下被放大被定格，清晰可感，《塞壬》时灵感袭来，拿笔的手一直颤抖直到门铃刺耳响起；高更的 *Never more* 用澎湃的原始生命力和绝望气息将我命中，直到我写下"这明亮的世界／真像一首绝望的歌"，这幅画的冲击才

渐渐隐退；《穿行》中火车与铁轨在晨曦中有节奏地碰撞；《我想和你》中有条无穷无尽、温暖的河一直在流淌……这些时刻共同为我建造了一座微型的个人生命博物馆。

感谢所有鼓励我、支持我的师友，没有你们，这本集子就没有勇气出现。感谢同事陈改玲老师、薛亚军老师成为忠实读者，尤其感谢肖泳老师，她永远为我指出向上之路，也中肯地指出我的问题。感谢复旦大学徐佳老师对这些小诗的喜爱，使我有幸成为她笔下那个有趣而浮夸的“白教授”。感谢浙江诗人天界老师、周小波老师、涂国文老师对我写作的鼓励和帮助。感谢编辑李晓霞女士等的努力。感谢浙江理工大学创意写作中心的支持。

我写诗的源头像个偶然的笑谈，但愿呈现的结果不是这样，也希望今后诗歌继续成为我的野心、我的武器和生命中的隐秘出口。

2022 年 11 月 9 日于杭州下沙